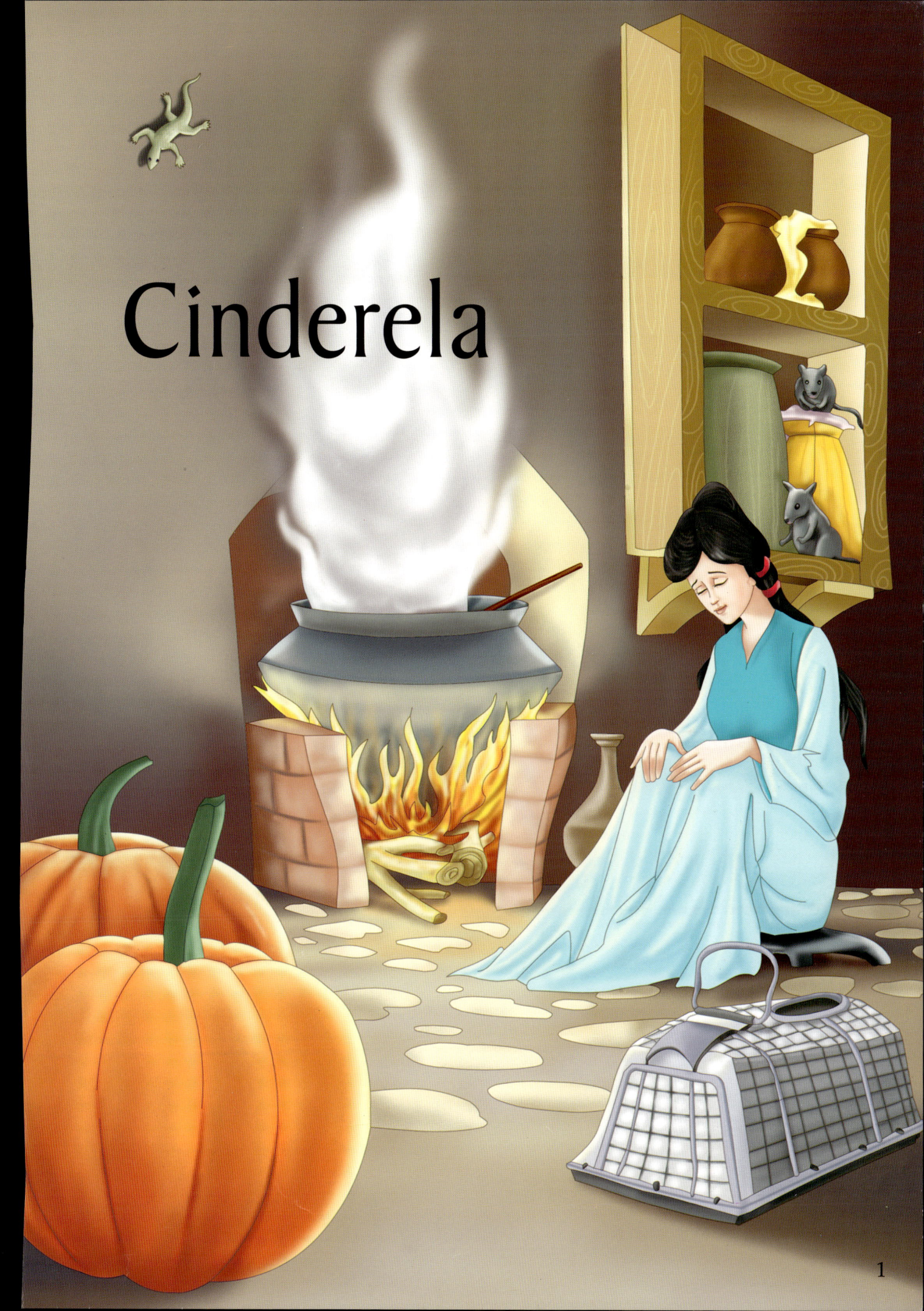

Cinderela

1

Era uma vez um viúvo muito rico que decidiu voltar a casar para que a sua querida filha pudesse ter uma mãe que cuidasse dela.

Infelizmente, escolheu uma mulher orgulhosa e egoísta, que tinha duas filhas exactamente como ela. Só depois do casamento é que esta mulher revelou o seu verdadeiro carácter. Mandou a filha do marido trabalhar na cozinha, enquanto ela e as filhas desfrutavam de uma vida de esplendor. Quando a menina acabava o trabalho, costumava sentar-se ao canto da chaminé; todos lhe chamavam Cinderela. As suas roupas estavam sujas e remendadas, mas, mesmo assim, ela era muito mais bonita do que as irmãs.

3

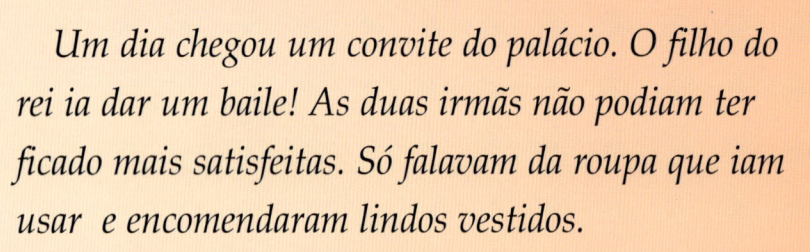

Um dia chegou um convite do palácio. O filho do rei ia dar um baile! As duas irmãs não podiam ter ficado mais satisfeitas. Só falavam da roupa que iam usar e encomendaram lindos vestidos.

Cinderela também gostaria muito de poder ir. As malvadas irmãs metiam-se com ela sem piedade, dizendo: "Não gostavas de vestir roupas bonitas e ir numa carruagem, dançar com os rapazes ricos e talvez até com o próprio príncipe?"

Sabia-se que o príncipe estava à procura de uma noiva e a madrasta de Cinderela tinha grandes esperanças para as suas filhas. O grande dia chegou rapidamente. Cinderela esteve todo o dia ocupada, vestindo as irmãs e penteando-as e, quando chegou a esplêndida carruagem que as levaria ao baile, arranjou-lhes os fatos de maneira que não se amachucassem pelo caminho.

5

Quando as irmãs sairam, Cinderela começou a chorar. De repente, a sua Fada Madrinha apareceu e disse: "Porque estás a chorar, minha querida?"

"Quem me dera ir ao baile!", soluçou Cinderela.

"E irás! Corre e traz-me uma abóbora!" Cinderela estava perplexa, mas não tardou em trazer a maior abóbora que conseguiu encontrar. Com um toque da varinha mágica, a Fada Madrinha transformou-a numa linda carruagem dourada. Cinderela recebeu ordem para ir buscar seis ratinhos, que foram transformados em belos cavalos cinzentos com manchas pretas. Uma ratazana foi transformada num elegante cocheiro e seis lagartos passaram a ser belos pajens.

"E agora, será que isto é apropriado para transportar uma menina ao baile?", perguntou a Fada Madrinha.

"Claro que sim!", respondeu Cinderela, "Mas..."

"Ah! Estás a perguntar-te o que irás levar vestido." E, com estas palavras, balançou a varinha mágica sobre Cinderela, cujos farrapos, nesse preciso instante, se transformaram no vestido mais extraordinário que se possa imaginar, enquanto Cinderela via nos seus pés um par de delicados e graciosos sapatinhos de cristal.

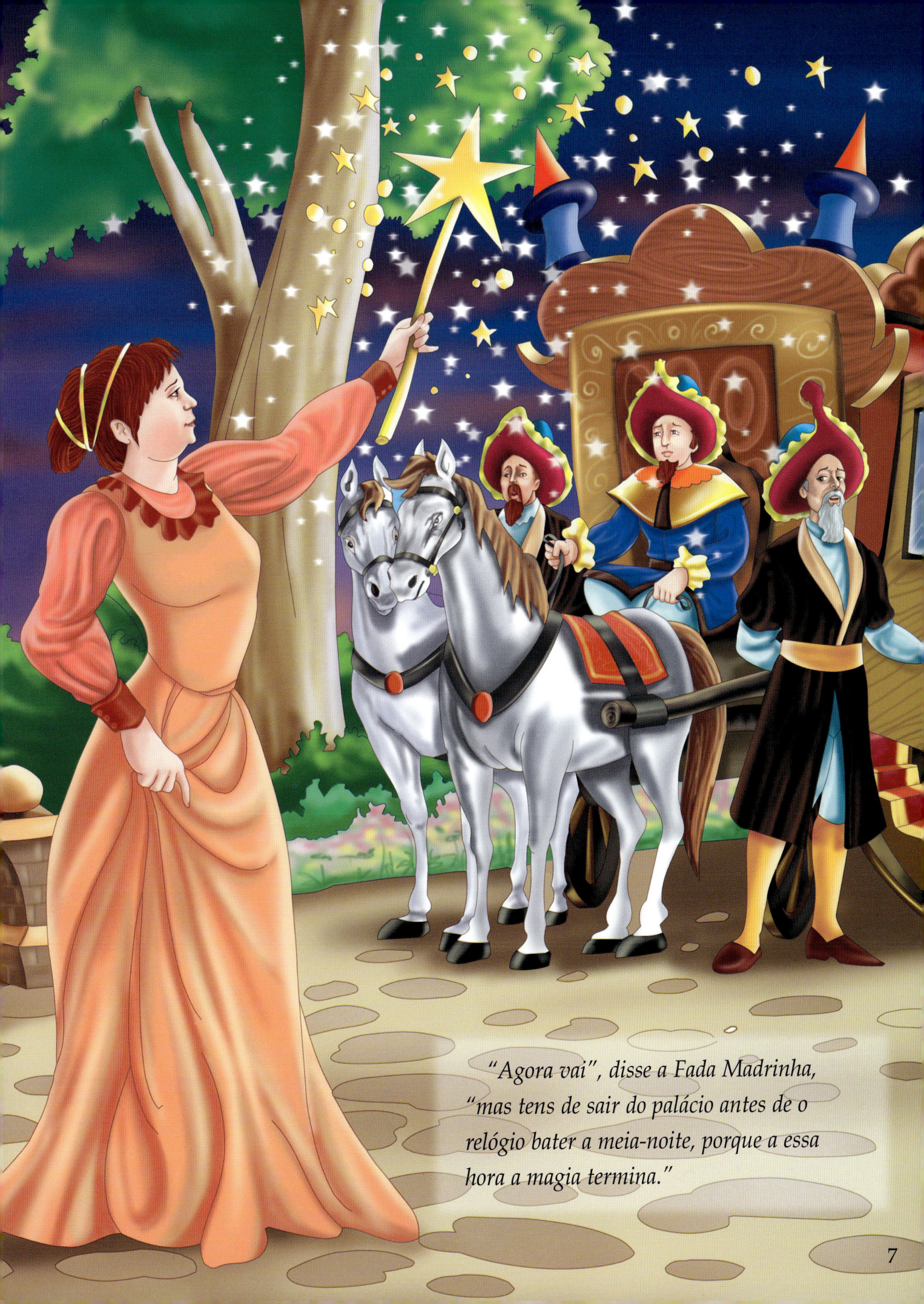

"Agora vai", disse a Fada Madrinha, "mas tens de sair do palácio antes de o relógio bater a meia-noite, porque a essa hora a magia termina."

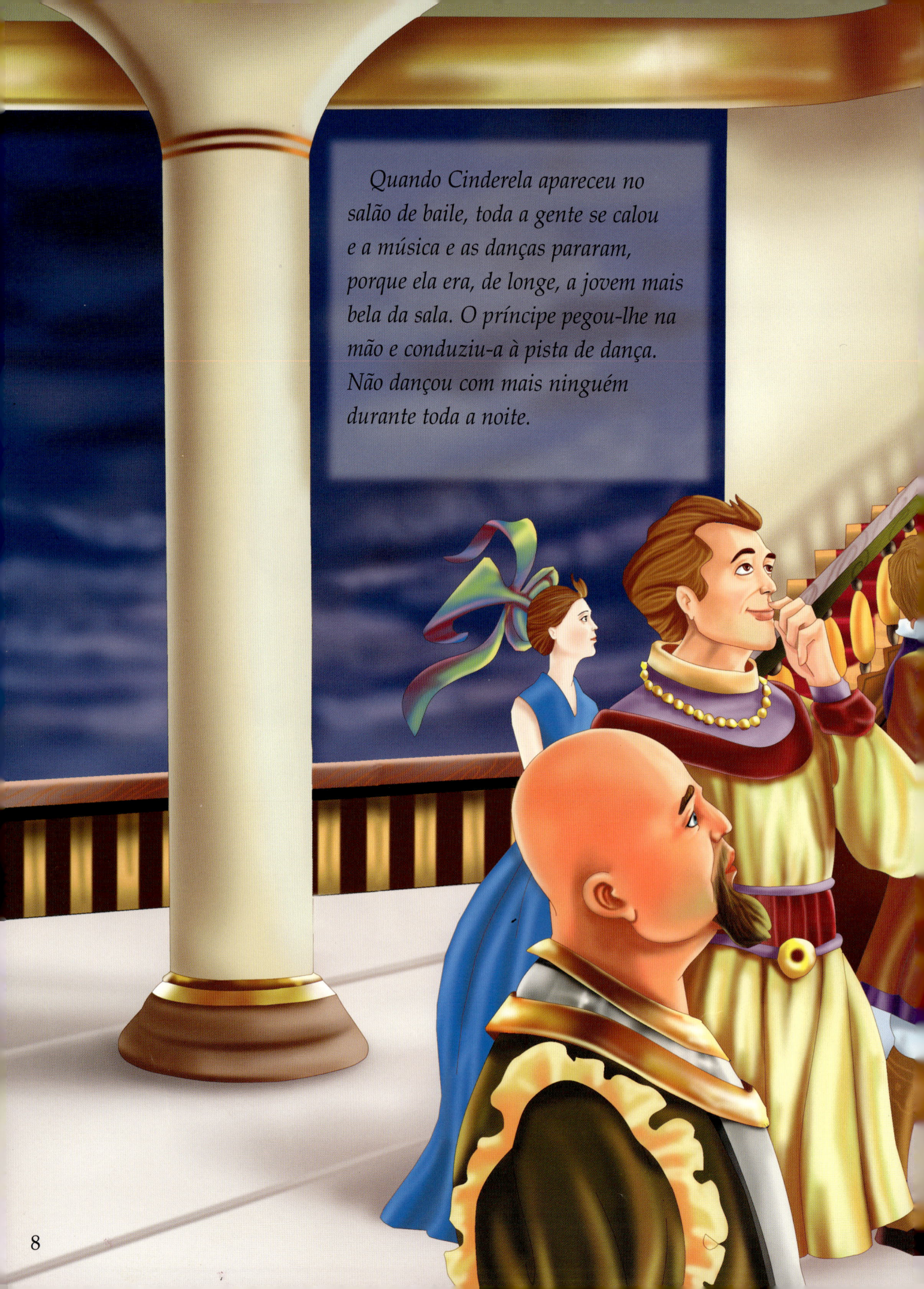

Quando Cinderela apareceu no salão de baile, toda a gente se calou e a música e as danças pararam, porque ela era, de longe, a jovem mais bela da sala. O príncipe pegou-lhe na mão e conduziu-a à pista de dança. Não dançou com mais ninguém durante toda a noite.

9

Quando se sentaram para o banquete, o príncipe não conseguiu comer nada, por estar tão maravilhado a olhar para ela! O baile continuou. Cinderela estava tão feliz, que dançou todas as músicas e não se sentia cansada. Então, ouviu um relógio a dar horas.

"Devem ser onze horas. Não é possível que já seja meia-noite", disse para si mesma. Mas quando se virou e olhou para o relógio, Cinderela sobressaltou-se e correu o mais depressa que conseguiu para fora do salão de baile.

11

O príncipe tentou apanhá-la e, enquanto corria em direcção à carruagem dourada, ela perdeu um dos seus lindos sapatinhos de cristal. No preciso momento em que o príncipe se baixou para o apanhar, o relógio bateu a décima-segunda badalada.

Quando se ergueu, o príncipe não encontrou quaisquer vestígios da sua bela parceira de dança nem da sua sofisticada carruagem com tão belos cavalos.

A música e o baile deveriam continuar até de madrugada, mas o príncipe não estava já com espírito para festas e todos os convidados foram mandados embora. O príncipe mostrou o sapatinho de cristal ao rei e disse: "Encontrarei a jovem a quem servir este sapato e, quando a tiver encontrado, ela será a minha noiva."

O príncipe foi a todas as casas do reino à procura de Cinderela.

A madrasta da Cinderela ficou muito entusiasmada quando o príncipe chegou lá a casa. "É só um sapato!", disse ela às filhas. Uma de vós será capaz de encolher o pé para caber nesse sapato." Porém, tentaram em vão. Era um sapatinho pequeno e delicado, e as irmãs tinham pés grandes e grosseiros.

"Há mais alguma jovem nesta casa?", perguntou o príncipe.

"Só Cinderela", respondeu a madrasta, "mas trabalha na cozinha e não a levámos ao baile."

"Tragam-na aqui!", pediu o príncipe. E quando Cinderela experimentou o sapatinho, este adaptou-se perfeitamente ao seu bonito pezinho. A madrasta e as filhas ficaram verdes de raiva.

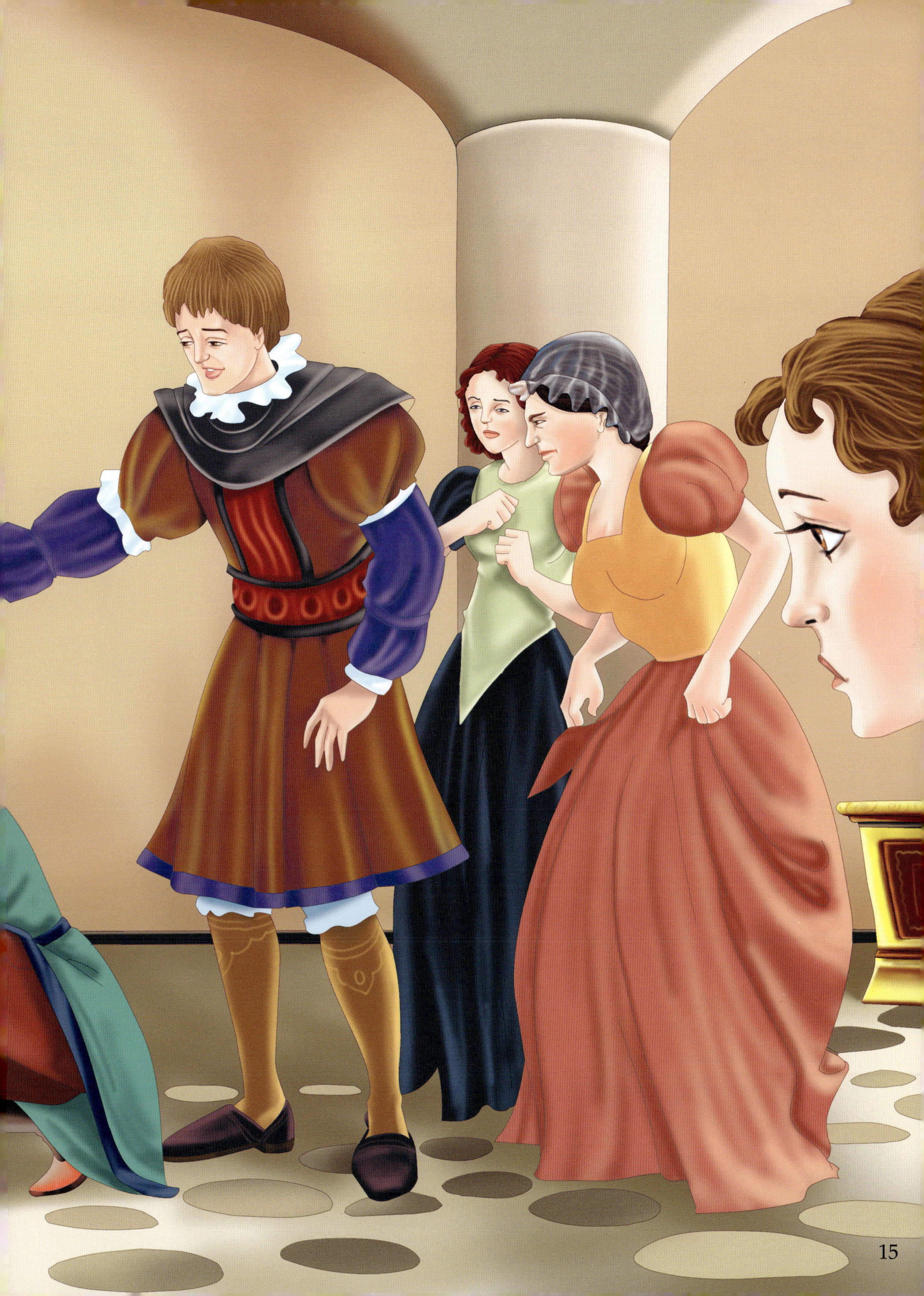

O príncipe, ao ver os olhos de Cinderela, verificou que ela era, de facto, a bela desconhecida com quem dançara e levou-a como sua noiva. Viveram felizes, por muitos anos, no grande palácio e a princesa foi sempre simpática e justa para os seus servidores, convidando-os sempre para o baile anual.

Polegarzinho

17

Era uma vez um lenhador e a sua mulher, que tinham sete filhos. Eram muito pobres e estavam muito preocupados com a educação das crianças. Preocupavam-se principalmente com o mais pequeno que era muito enfermiço. Era muito pequenino e, quando nascera, tinha apenas o tamanho do polegar de uma pessoa, por isso lhe chamaram Polegarzinho.

Veio um ano especialmente mau, em que houve muita fome. O pobre casal já não podia alimentar a família e, numa triste noite, decidiram que, no dia seguinte, levariam as crianças para o bosque e lá as abandonariam, para que sobrevivessem sozinhas.

O Polegarzinho ouviu a conversa dos pais sem estes saberem e, quando o pai deu a cada um deles um pedaço de pão para o pequeno-almoço, o Polegarzinho pensou que poderia parti-lo em migalhinhas e espalhá-las ao longo do caminho; por isso, guardou-o no bolso.

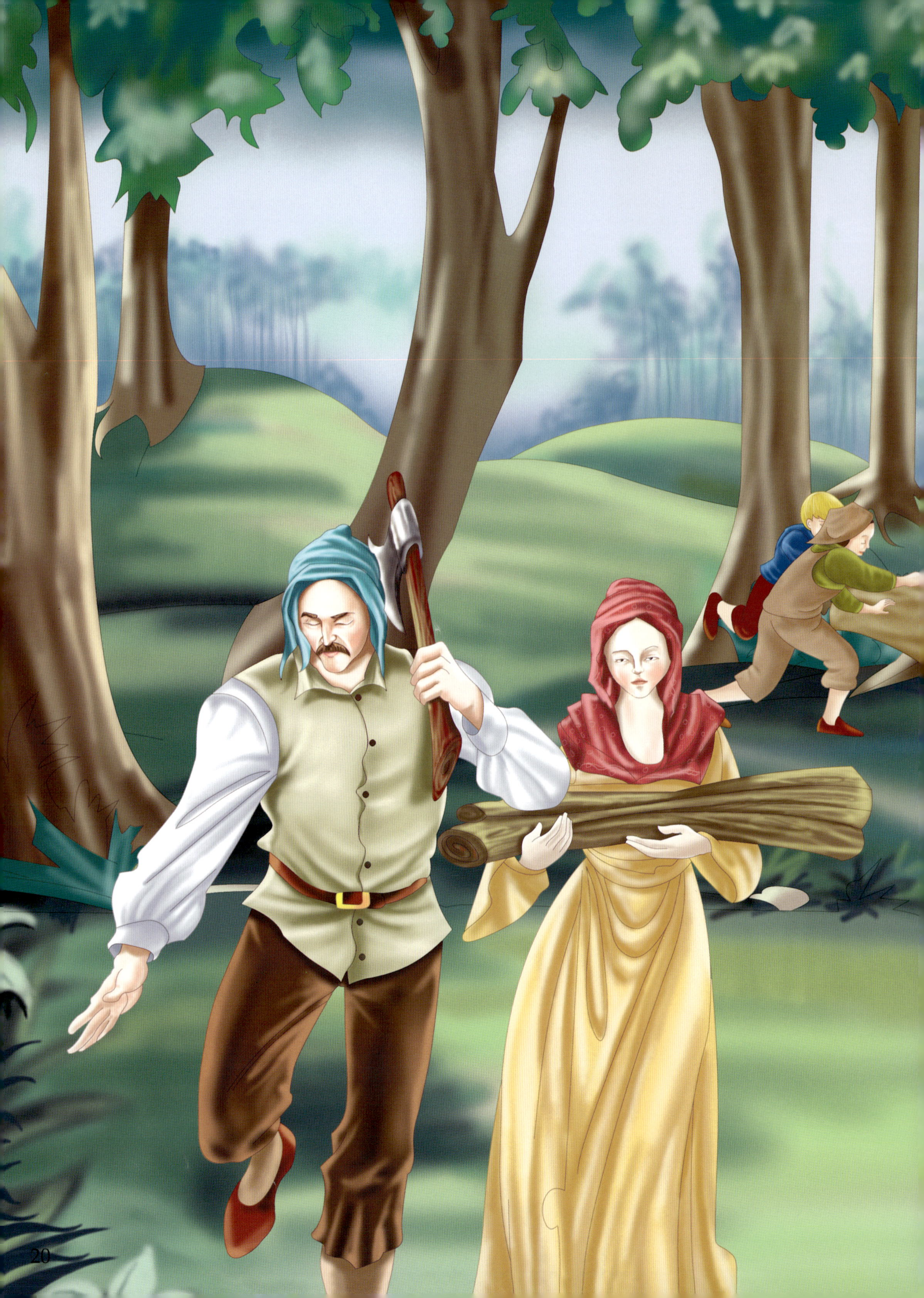

A família foi para um bosque muito denso, onde o lenhador iniciou o trabalho. As crianças começaram a juntar troncos. O pai e a mãe, vendo-os ocupados a trabalhar, fugiram sem serem vistos e voltaram para casa sozinhos, e muito tristes, por causa do que tinham sido obrigados a fazer.

Quando as crianças perceberam que haviam sido abandonadas na floresta escura, começaram todas a chorar, excepto o Polegarzinho, seguro de encontrar o caminho para casa com a ajuda do pão que espalhara ao longo do caminho. Mas os pássaros tinham comido todas as migalhas! E agora todos estavam aterrorizados.

Sempre cheio de ideias, Polegarzinho trepou ao cimo de uma árvore alta e daí vislumbrou uma luz brilhando à distância.

Depois de caminhar algum tempo com os irmãos em direcção a essa luz, chegaram a uma grande casa. Uma mulher enorme abriu a porta e perguntou-lhes o que queriam. Polegarzinho contou-lhe a sua história e suplicou que lhes arranjasse um lugar para dormirem.

A mulher começou a chorar e disse-lhes: "Vocês não sabem que esta casa pertence a um ogre cruel que come meninos?"

Eles imploraram-lhe tanto por um abrigo, que a mulher os deixou entrar, desejando poder escondê-los do marido até de manhã. Quando estavam a aquecer-se junto da lareira, ouviram o ogre chegar a casa. A mulher escondeu os meninos, rapidamente, debaixo da cama e abriu-lhe a porta.

23

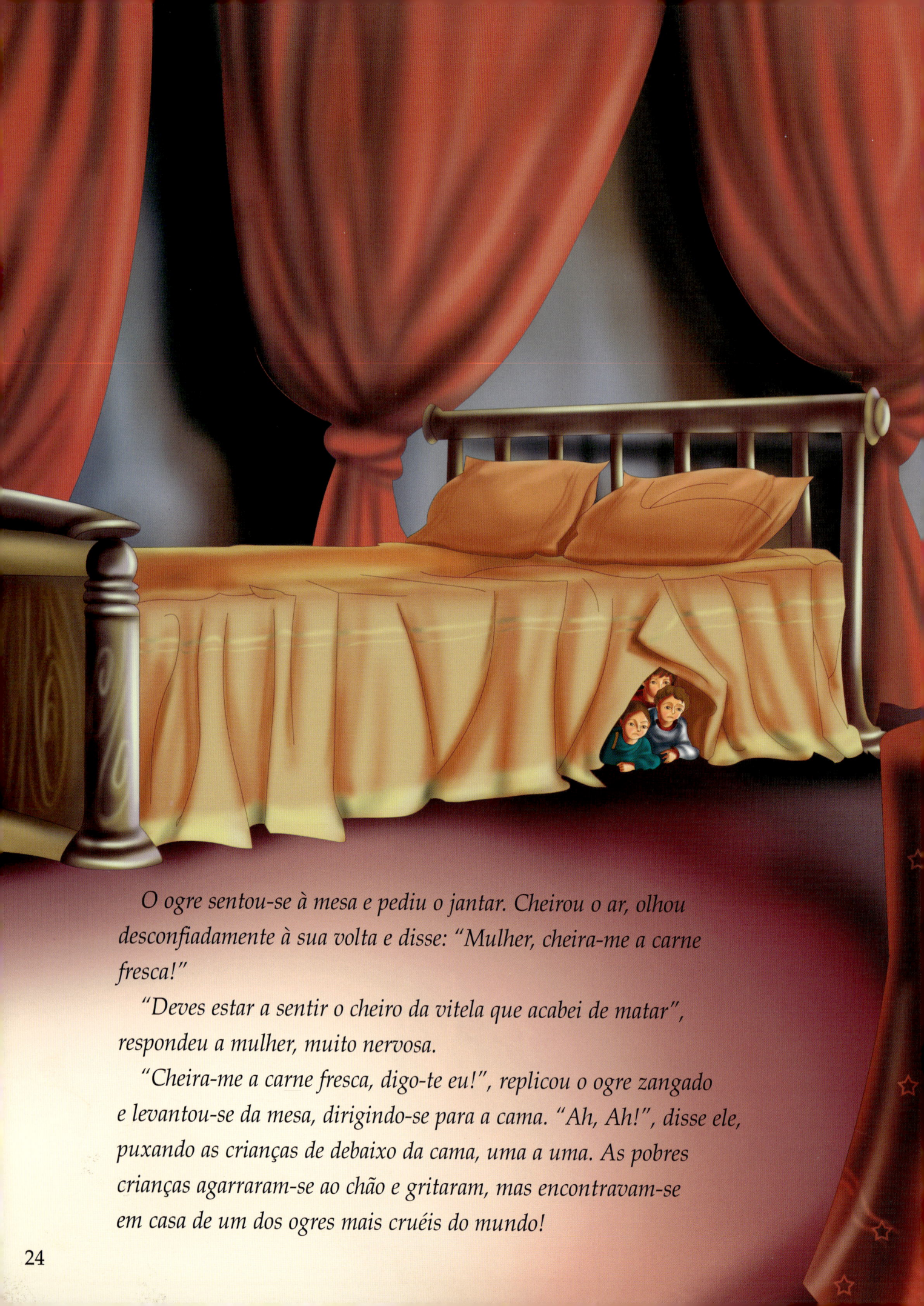

O ogre sentou-se à mesa e pediu o jantar. Cheirou o ar, olhou desconfiadamente à sua volta e disse: "Mulher, cheira-me a carne fresca!"

"Deves estar a sentir o cheiro da vitela que acabei de matar", respondeu a mulher, muito nervosa.

"Cheira-me a carne fresca, digo-te eu!", replicou o ogre zangado e levantou-se da mesa, dirigindo-se para a cama. "Ah, Ah!", disse ele, puxando as crianças de debaixo da cama, uma a uma. As pobres crianças agarraram-se ao chão e gritaram, mas encontravam-se em casa de um dos ogres mais cruéis do mundo!

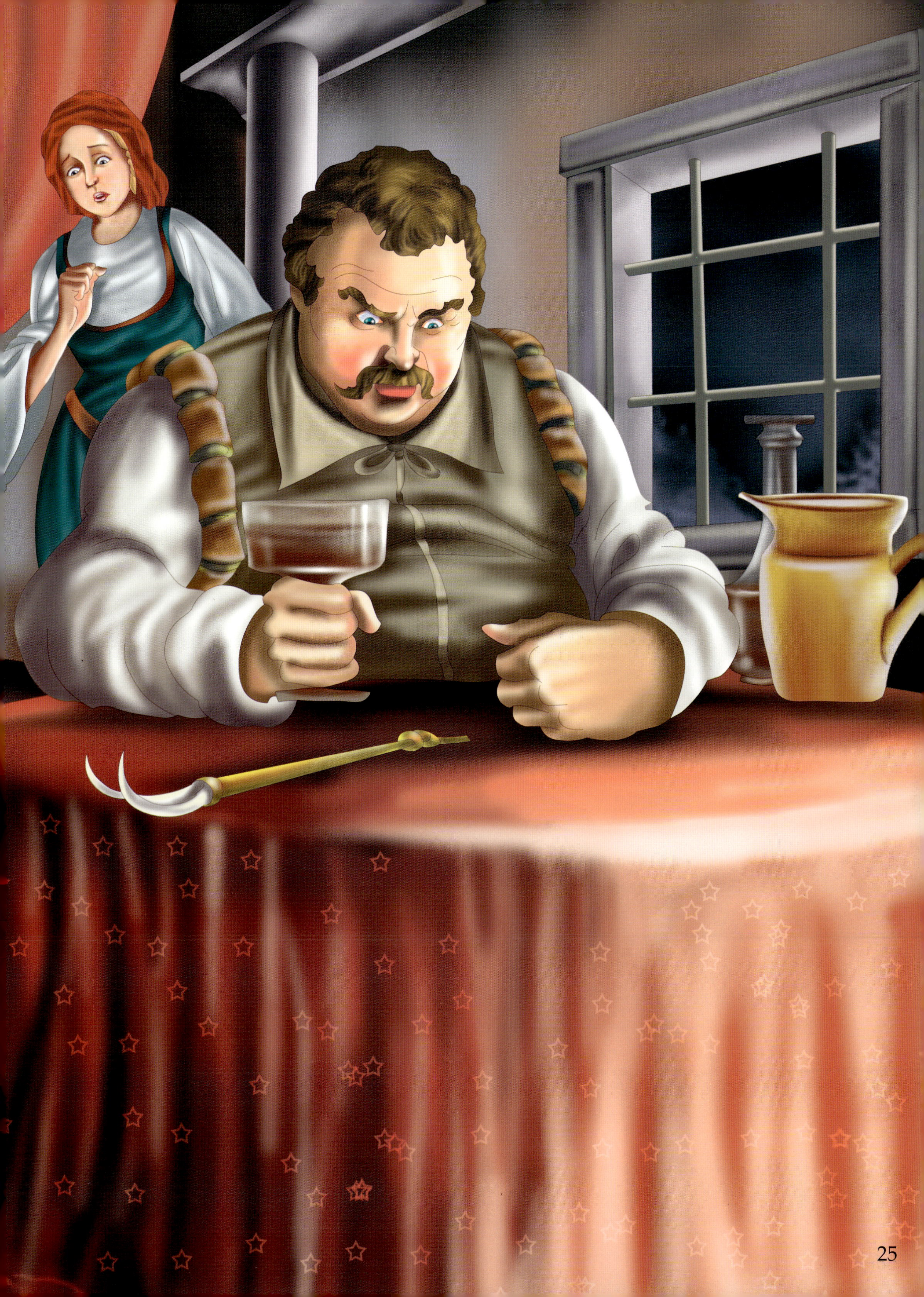

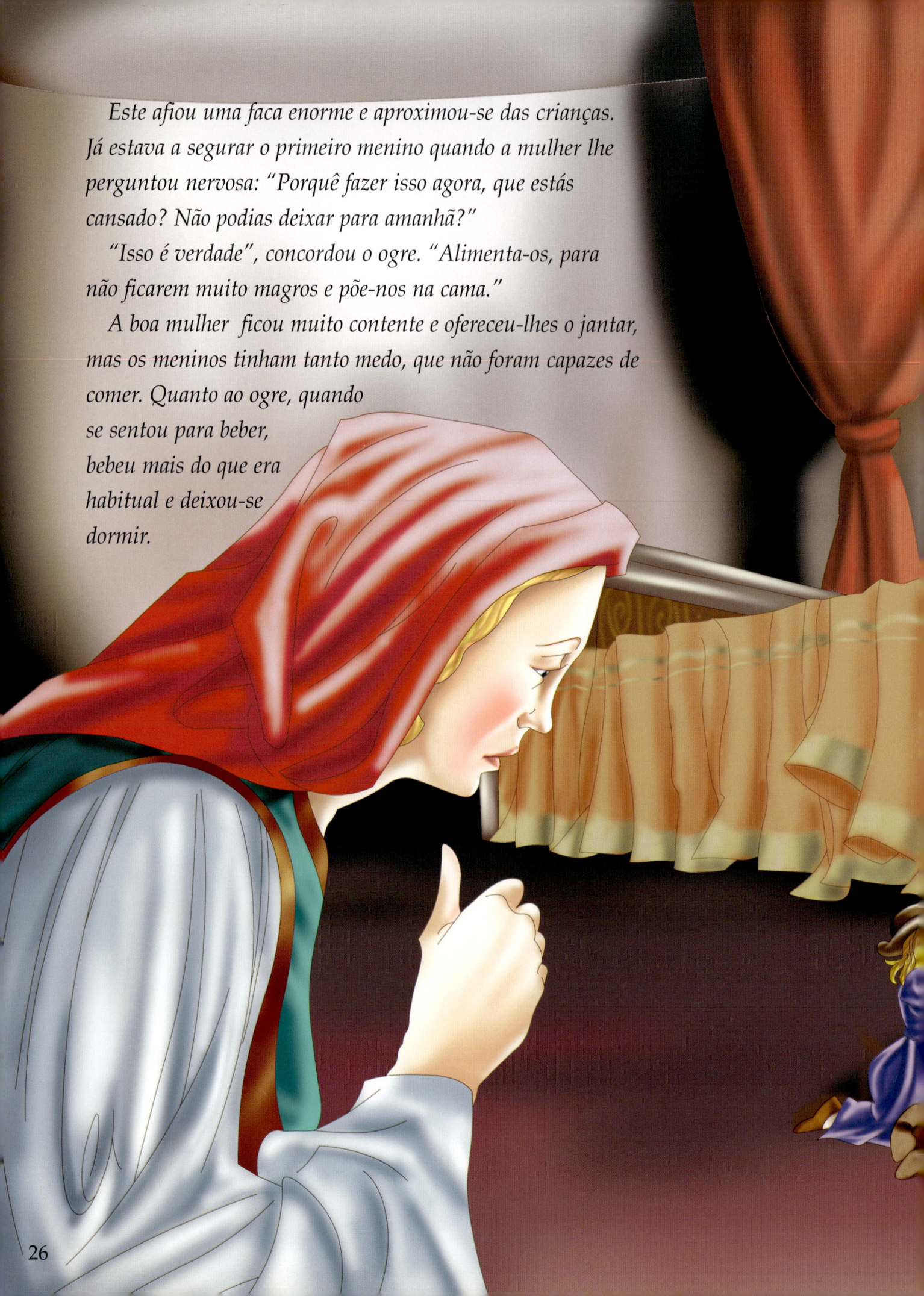

Este afiou uma faca enorme e aproximou-se das crianças. Já estava a segurar o primeiro menino quando a mulher lhe perguntou nervosa: "Porquê fazer isso agora, que estás cansado? Não podias deixar para amanhã?"

"Isso é verdade", concordou o ogre. "Alimenta-os, para não ficarem muito magros e põe-nos na cama."

A boa mulher ficou muito contente e ofereceu-lhes o jantar, mas os meninos tinham tanto medo, que não foram capazes de comer. Quanto ao ogre, quando se sentou para beber, bebeu mais do que era habitual e deixou-se dormir.

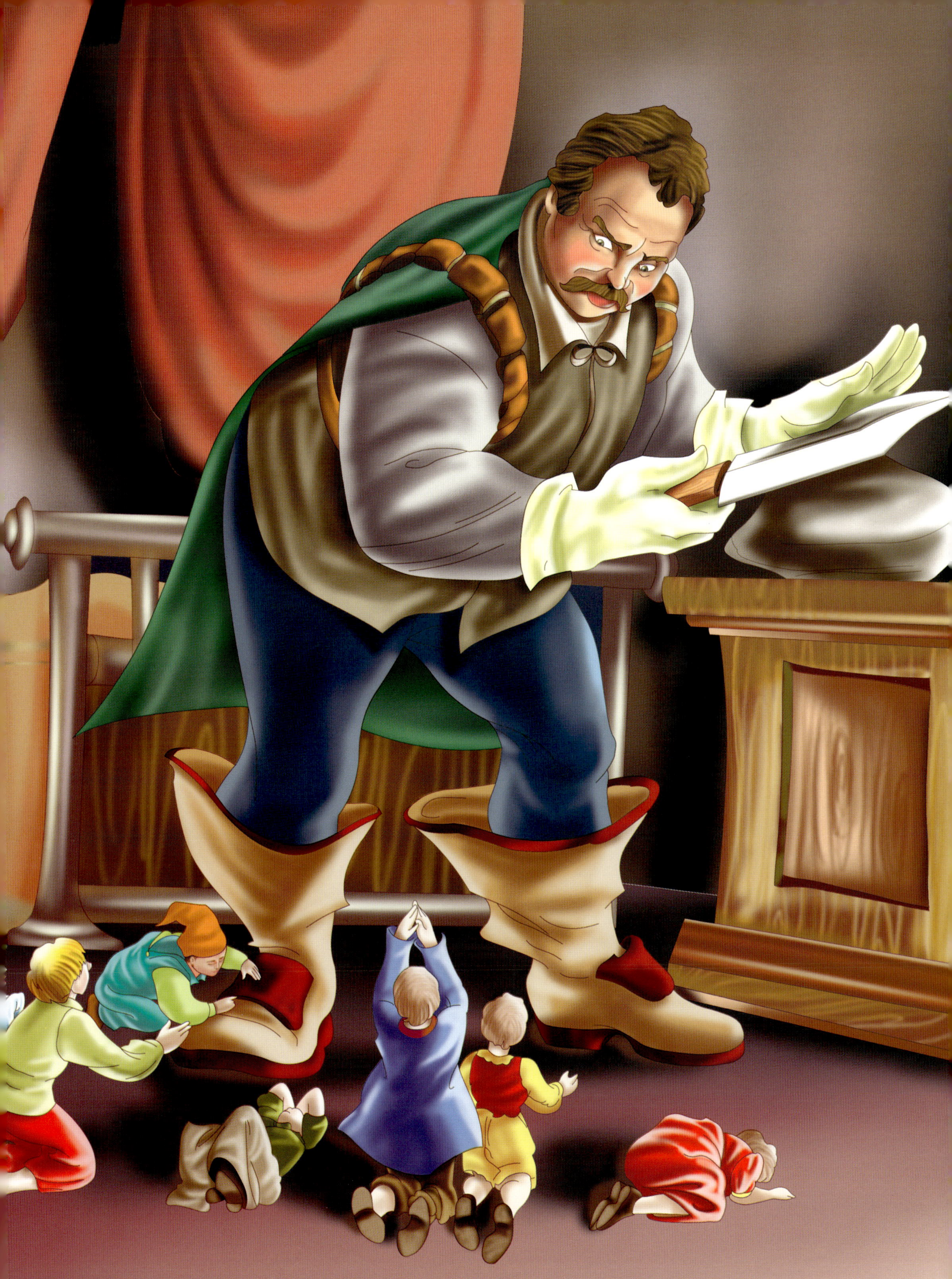

Assim que ouviu o ogre a ressonar, Polegarzinho disse aos seus irmãos e irmãs que o seguissem.

Fugiram da casa, treparam o muro e correram toda a noite, sem saber para onde iam.

Quando o ogre acordou e percebeu que as crianças tinham fugido, ficou furioso e disse à mulher para lhe trazer imediatamente as botas de sete léguas.

Partiu, então, em busca dos meninos, saltando de montanha em montanha e pulando por cima de rios tão facilmente como se estes fossem ribeirinhos. Finalmente, chegou à estrada onde as pobres crianças estavam a descansar. Polegarzinho escondeu os irmãos atrás de uma pedra, mantendo-se atento aos movimentos do ogre.

O ogre estava muito cansado da sua longa viagem e decidiu descansar um pouco. Não tardou muito em adormecer. Polegarzinho foi ao pé dele, tirou-lhe, devagarinho, as botas e calçou-as nos seus pés pequeninos. As botas eram muito grandes e largas, mas, como estavam encantadas, serviam sempre à pessoa que as usava.

Polegarzinho voltou a casa do ogre e contou à mulher deste que o marido corria grande perigo. Disse-lhe que o ogre fora capturado por um bando de gatunos que tinham jurado matá-lo caso ele não lhes desse todo o seu dinheiro.

Polegarzinho mostrou à mulher do ogre as botas de sete léguas, para a convencer de que fora o marido que o enviara. A boa mulher deu-lhe todo o dinheiro do ogre.

Polegarzinho voltou com o dinheiro e com os irmãos para casa dos pais, onde foram recebidos com grande alegria. O ogre ficou tão envergonhado por ter sido enganado assim, que não voltaram a ouvir falar dele.

A Bela Adormecida

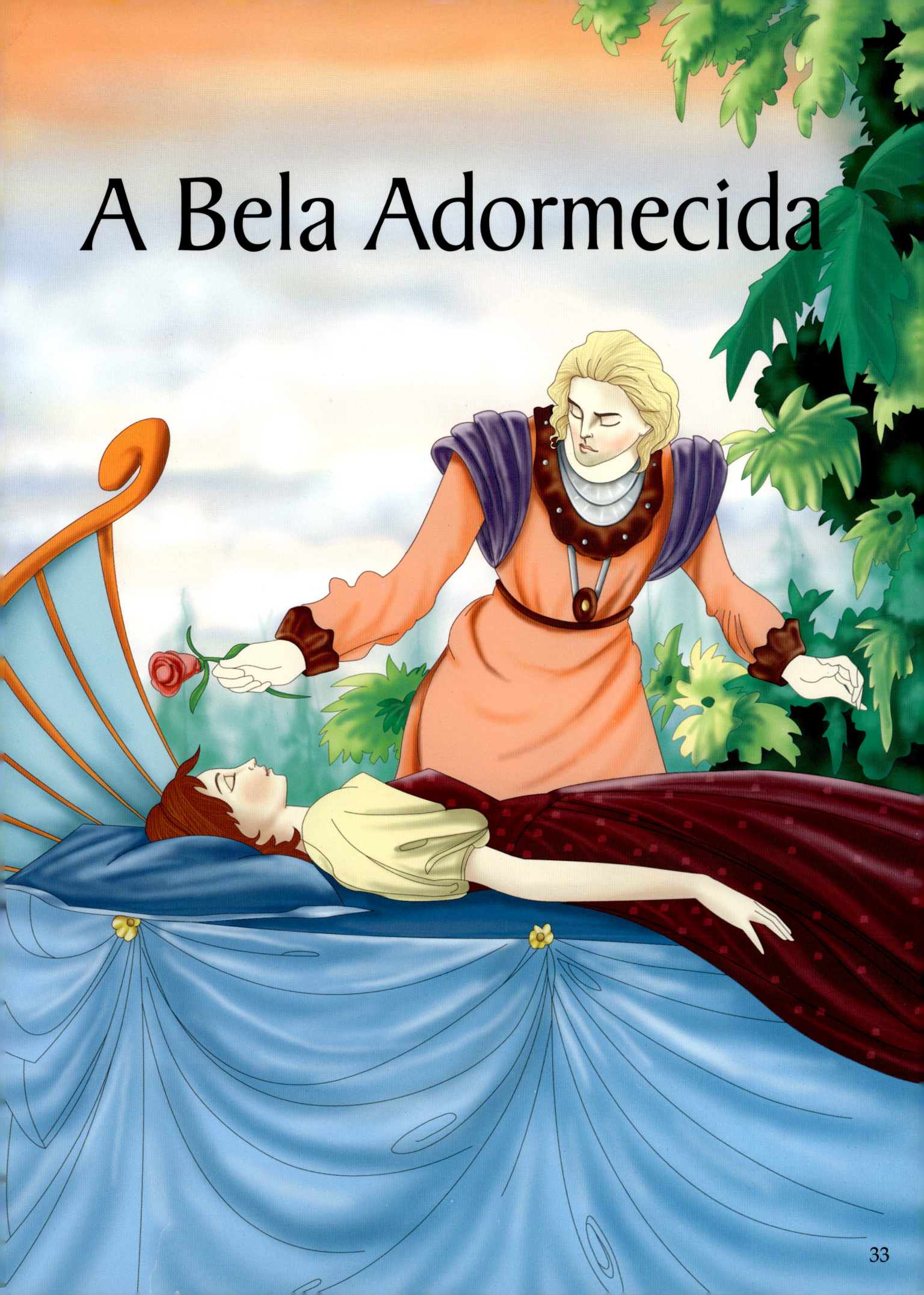

Há muito, muito tempo, havia um rei e uma rainha que estavam muito tristes, porque não tinham filhos. Um dia, enquanto a rainha estava tristemente sentada junto de um lago, nos jardins do castelo, um sapo saltou para junto dela e disse-lhe: "O teu desejo será realizado. Antes de ter passado um ano, terás uma filha."

Tudo aconteceu como o sapo dissera, e o rei e a rainha tiveram uma menina. Estavam tão felizes, que decidiram realizar uma grande festa de celebração. Todos os amigos e parentes foram convidados, assim como doze fadas que concederiam à princesinha dons especiais.
Nessa altura viviam no reino treze fadas, mas, como treze era um número de azar, uma das fadas não foi convidada. Esta não ficou mesmo nada contente com isso.

No dia da festa, todos os convidados se reuniram no grande salão do castelo do rei, levando os seus presentes. As doze fadas também se alinharam para conceder ao bebé os seus dons especiais.

"Eu concedo-lhe virtude", disse uma.

"Eu concedo-lhe beleza", disse outra.

Outra das fadas deu-lhe riqueza, outra saúde e por aí fora, até que a pequena princesa tinha todos os dons que qualquer mãe ou pai possam desejar para os seus filhos.

37

Onze das fadas já tinham concedido os seus dons e, exactamente quando a décima segunda fada avançava, a porta abriu-se e entrou a décima terceira fada, determinada a vingar-se. "No seu décimo quinto aniversário, a princesa picará o dedo com uma agulha e morrerá!", exclamou ela, em voz bem alta, saindo da sala logo de seguida.

O salão ficou em silêncio. Então, a décima segunda fada, que ainda não lhe concedera o seu dom, avançou. Disse que não podia desfazer a maldição da fada má, mas podia torná-la um pouco mais leve. "A filha do rei não morrerá, mas dormirá por cem anos", disse ela.

39

O rei e a rainha ordenaram que todas as agulhas do reino fossem destruídas. A princesa cresceu e tornou-se bela, sensata e amável. Todos os que a conheciam gostavam dela.

Na manhã do seu décimo quinto aniversário, a princesa acordou sozinha no castelo. Andou de quarto em quarto, atravessou corredores, desceu e subiu as magníficas escadarias, até chegar a uma velha torre.

Subiu as escadas estreitas e instáveis e chegou a uma porta fechada com uma chave enferrujada.

A princesa rodou a chave e a porta abriu-se, revelando uma velha com uma roca de fiar.

"Bom dia, minha boa senhora", disse a princesa, "que está a fazer?"

"Estou a fiar", respondeu ela. "Olha, não queres experimentar?"

Mal pegou na roca, a princesa picou o dedo e caiu num sono profundo.

Nesse instante, toda a gente do castelo adormeceu também, incluindo o rei e a rainha, que acabavam de regressar a casa com os cortesãos e os soldados. Até os cavalos no estábulo e as pombas no telhado adormeceram. Uma grande vedação de espinhos cresceu rapidamente à volta do castelo e a própria bandeira que se encontrava na torre mais alta deixou de ser vista. A história da bela princesa adormecida num castelo perdido, onde nenhuma criatura viva se mexia, foi contada de terra em terra.

Muitos príncipes chegaram e tentaram abrir caminho por entre os espinhos para chegar junto da princesa, mas todos foram forçados a voltar para trás.

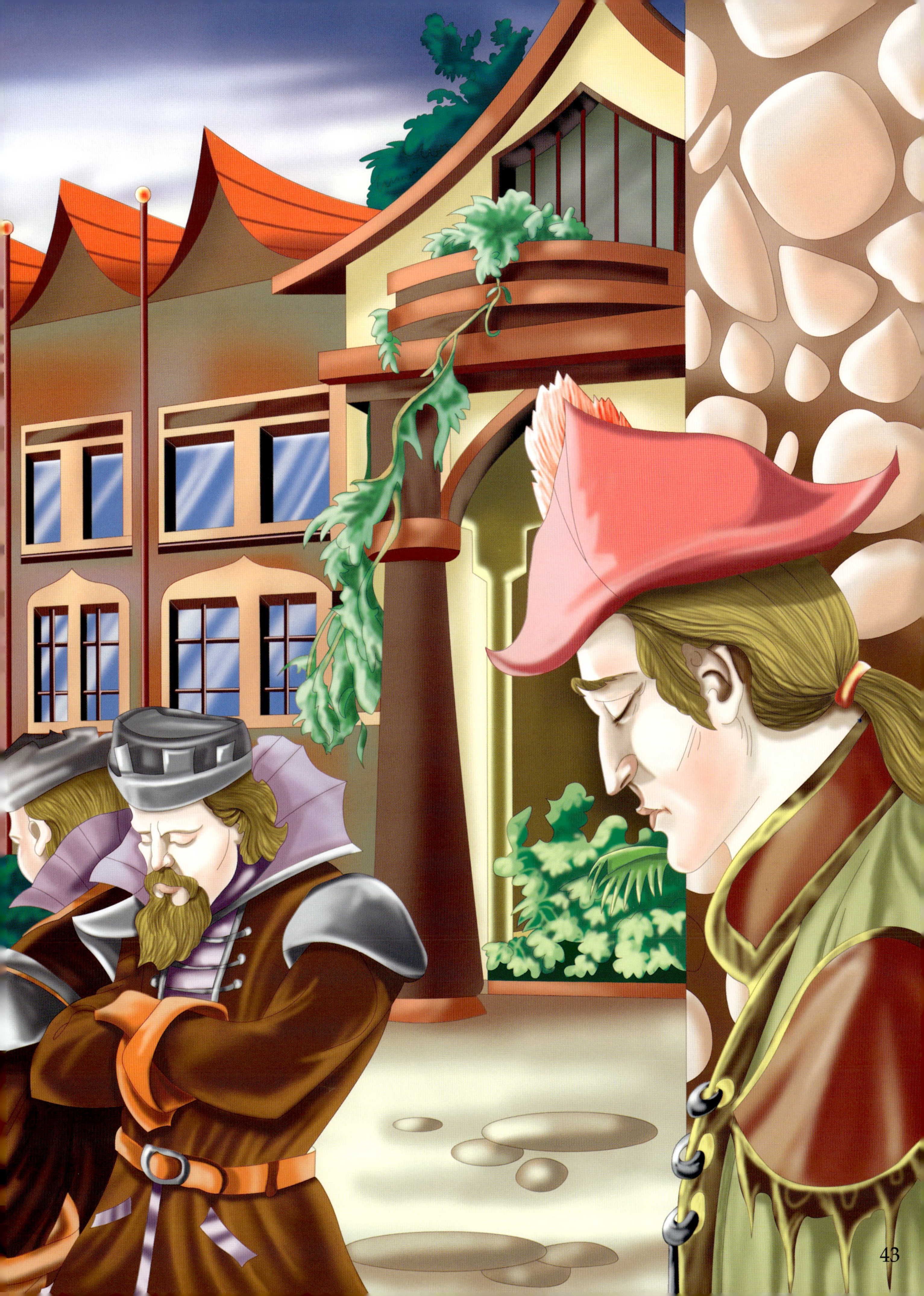

Já haviam passado quase cem anos quando, um dia, um príncipe ouviu a história da princesa adormecida. Não se sentiu desanimado pelo fracasso de todos os que tinham tentado alcançá-la antes dele. Quando este jovem príncipe se aproximou da densa sebe de espinhos, estes transformaram-se em lindas flores e afastaram-se para o deixar passar.

No pátio viu cavalos e cães profundamente adormecidos. Passou pelo meio deles e viu o rei e a rainha dormindo no trono.

O príncipe procurou por todo o castelo e, finalmente, chegou à velha torre e abriu a porta do pequeno quarto onde a princesa dormia. Ela era tão bonita, que o príncipe não resistiu a inclinar-se e beijá-la. Nesse instante, a princesa abriu os olhos.

No mesmo momento, o rei e a rainha acordaram, assim como os cortesãos e os criados, os cavalos e as pombas. Todo o castelo voltou à vida com o som de vozes felizes, como se nada se tivesse passado.

47

O príncipe e a Bela Adormecida apaixonaram-se e o seu casamento foi celebrado com grande esplendor. Viveram juntos, felizes e contentes por muitos e muitos anos.